空间布置200例

SPACE LAYOUT

东易日盛编辑部 主编

吉林科学技术出版社

CONTENTS

靓宅的迷人装饰

LIANGZHAIDE MIREN ZHUANGSHI

100%的幸福氛围

BAIFENZHIBAIDE XINGFU FENWEI

个性空间

GEXING KONGJIAN

LiangZhaiDe
MiRen ZhuangShi
靓宅的迷人装饰

01 欧式田园情调

设计师还特别在墙上增加了一些暗花纹，与整体的居室风格统一。厚厚的落地窗帘与庄重的欧式台灯的搭配，让欧式情调在这些饰物中蔓延开来。

02

浪漫的卧室空间

玫瑰花图案的窗帘和床上用品，配以红色条纹的壁纸，白色的毛绒地毯和实木衣柜，用绚丽的色彩点亮卧室空间。

03

浑然一体的客厅空间

不同色彩却款式相同的沙发，显得别有生趣，配上同款式的地毯，让整个空间浑然一体。

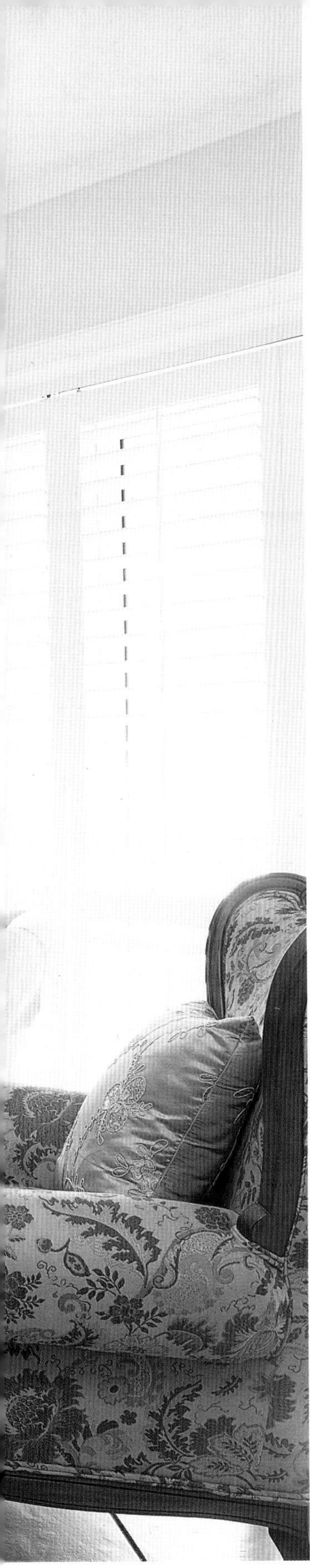

打造隐蔽的卫浴空间

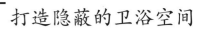

白色的圆浴缸配以白色的脚垫，黑色的瓷砖和百叶窗让整个空间显得更加隐蔽。

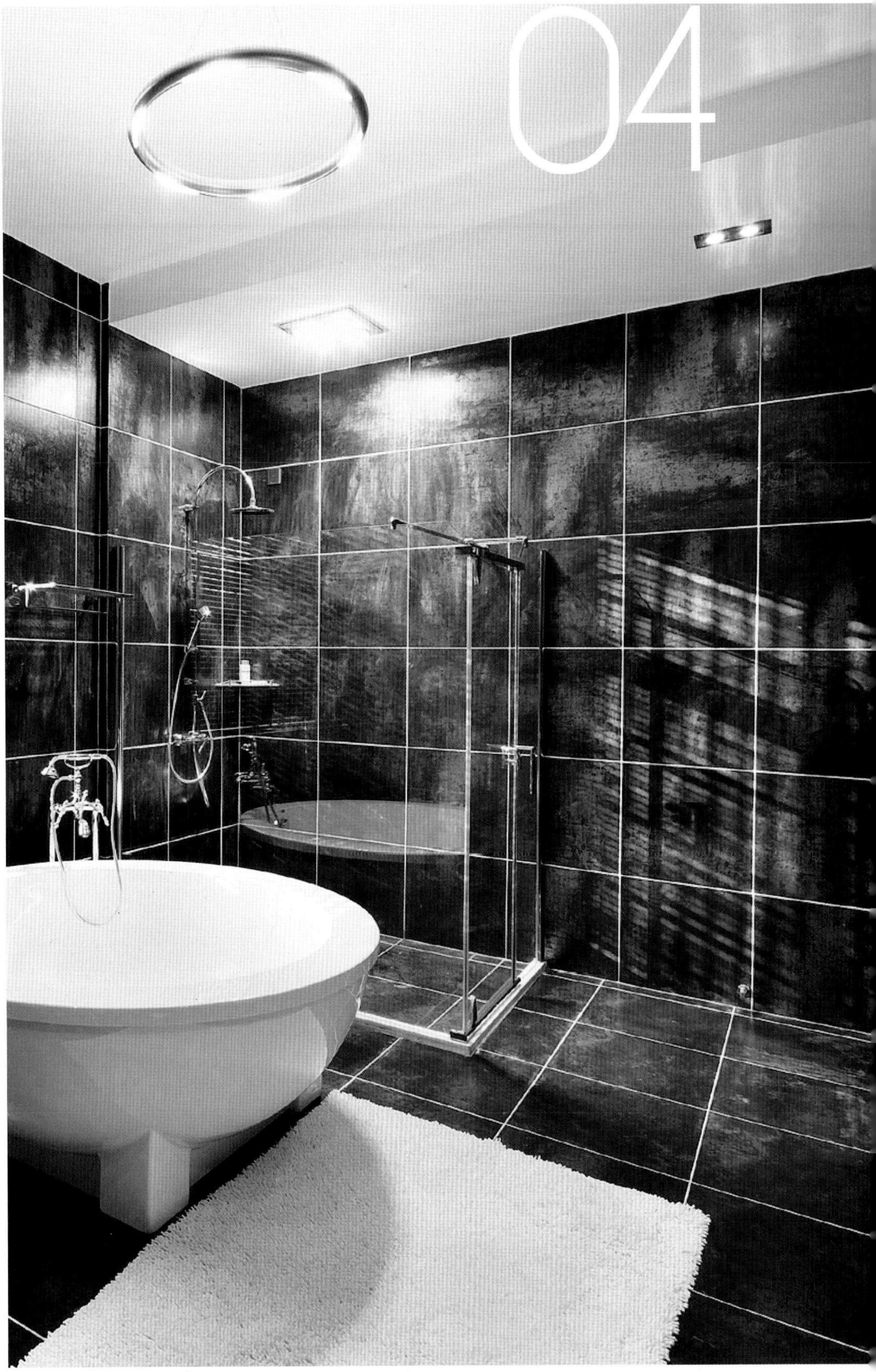

简单实用的书房

05

白色的直线吊顶，简单的弧形书柜，复古的台灯设计，让书房更加简单实用。

06

舒适的卧室一角

卧室的一角摆放着沙发可以方便你休息，低矮的小柜可以用来收纳物品，墙纸和绿色植物的装点也让整个房间显得舒适。

07 充满意境的客厅空间

在开阔的客厅中，电视机简单地悬挂于高品质的背板上，搁板错落有致地形成几缕精致的线条，好像是一幅立体感很强的画面。而背板四周则是留白的墙面，这种适当的留白加上极简单的设计，使空间显得更为开阔。

08

宽敞休闲的客厅

中式风格的再度辉煌，着实让龙的传人兴奋不已。但那烦琐的中式与今天的生活实在又有很大的距离。其实，可以把中式的一些韵味搬进现代生活的空间，石头砌成的养鱼池既有了中式的情趣，又满足了主人现代生活所需。

09

具有异国风情的卧室

蓝色水晶吊灯，紫色纱幔再配上异国风情的床上用品，让你可以体会到不一样的感觉。

10

奢华卧室的搭配

在奢华的风格中会大量使用布艺、蕾丝、花边、绣花等装饰品，这些都是提升风格的最佳道具，因而做工精致的丝绸面料成为了唯一的选择。华丽的颜色更让卧室的奢华感溢于言表。

11

设计别致的卫浴空间

将浴缸砌在木制材料中，背景墙也做成木制的，不加任何修饰。最巧妙的是主人还设计了一个电视柜，这样在洗澡的同时还可以休息娱乐，让身心得到更全面的放松。

12

展现修身养性的空间

室内多采用对称式的布局方式，格调高雅，造型简朴优美，室内陈设包括字画、书柜的设计可以将主人喜欢的小摆饰和图书都做好整理，可见主人追求一种修身养性的生活境界。

13

古典式餐厅空间

风格与品位的融合、怀旧与情调的搭配、天然与淳朴的体现、大气与充溢的互补，这就是中国古典家居的魅力所在。

14 充满异国风情的日式书房

日式书房里的木架灯，书房前的木制隔断，还有摆放在书桌上的日式茶具，以及书房各种风格的摆饰品，被浓浓的日式文化包围着，虽然整个房间的设计民族风格浓烈，却不感觉特别压抑。

15

巧妙设计的玄关空间

用木质隔板将空间分成两部分。玄关并非一定要做，要看你的房子是不是需要。玄关设计要因地制宜，可大可小，可简可繁。

16

悠闲自得的客厅空间

充分利用点、线、面等设计元素勾勒出丰富且具有层次感的室内空间，营造出主人个性文化的家居环境。配上柔和的灯光和素雅的家具，在喧闹繁杂的都市中诉说另一种悠然自得的生活情调。

17

充满童话故事的儿童房

或许在每一个小孩子稚嫩的梦境里，都满心欢喜地期待着能够走进梦幻般的童话世界。那些清澈见底的美好未必非要在书中寻找，其实添加一些可爱的配饰在家就能马上营造出童话王国的感觉。

18

展现楼梯过道空间

随处可见的绿色植物昭示着主人闲时侍花弄草的雅兴，是洒于呼吸中的甘醇。是对于自然的渴望，也是及于生活的热爱。

19

富丽堂皇的客厅走廊

简单白色的直线吊顶，白色的圆柱配上奢华的水晶大吊灯让整个过道空间显得宽敞明亮。

20

巧妙运用色彩延伸视觉空间

注重功能的实用，充分利用空间和整体的协调是设计师对本案设计的出发点。所以在色彩上，设计师以浅色、暖色调为主，使得空间感上更为宽敞。

21

风华绝代的客厅空间

客厅中庄重而神秘的深紫色窗帘并没有孤单垂落在窗前，在似乎不搭调的紫色系沙发的呼应中，为客厅空间增添了一抹风华绝代般的感觉。

22

展现和谐的客厅空间

欧式客厅有的不只是豪华大气，更多的是惬意和浪漫。通过完美的典线，精益求精的细节处理，带给家人不尽的舒服触感，实际上和谐才是欧式风格的最高境界。

23

灯光与家具的完美结合

跳跃的色系也被灵活的运用在室内的各方天地。为搭配深色木制家具，明快元素的运用就在恰当的空间有了合适的处理。

24

蓝色风格的儿童房

在儿童房中，我们一眼就看出了这是个男孩的卧室，蓝色系的设计运用像微微吹来的海风拨弄着我们烦躁的心旋，让我们立刻在这里找到了童真的纯净。

25

开放式书房的设计

开放式书房布置，在白色系书柜的点缀下不再像史记般晦涩深沉，多了一份“悦”的优雅和恬静。一张充满欧式风格的桌椅和一侧的小收纳柜，也成就了空间色彩的融合。

26

简单的客厅设计

欧式风格讲究豪华和格调，但更多的是注重功能的实用性。此处空间不需太多修饰，只要宽敞明亮就可以了。

27

春意盎然的客厅空间

深色的沙发，配以绿色植物和绿色窗帘的搭配，让整个房间充满生机。

28

宽敞舒适的卫浴空间

浴室面积越来越大，使步入式淋浴间成为可能，大型浴缸搭配大型花洒，这些超级的沐浴享受在这里都能得到实现。

29

恢宏大气的餐厅

用简约的欧式风格带出阔绰雍容的气度，彰显不凡的品味，加以绿色盆栽的点缀风格整体恢宏大气。

30

打造功能性客厅

运用了现代简约欧式风格，在强调实用的基础上，突出了欧式风格的雍荣华贵，又注重房屋设计的功用性、收纳性，更合理的利用空间，让生活从而变得更方便、更舒心。

31

具有儒雅气息的空间

通过点缀中式靠包、日本塔、泰式摆件等富有东方特色的装饰，让整个空间在保持现代美感和舒适性的同时，也蕴含着儒雅的东方文化气息。

32

打造回归自然的居室空间

现在的中式装修融合了更多的时尚元素，客厅装修给人一种高贵、宁静又不失时尚的感觉。吊顶处直线装饰反映出业主追求简单生活的居住要求，更迎合了中式家具追求内敛、质朴的设计风格。

33

中西搭配完美结合的空间

红色的脚垫，中式的座椅，欧式的梳妆镜。浪漫的异国情调与古朴的中式风格完美的融合在一起。

34 装饰有简单相框的背景墙

木门与木制画框相结合突出整个空间的简单整洁，此处还可以用来摆放自己的摄影作品和一些喜欢的标本，展现主人的个性。

35

提升房间韵味

精致不是说出来的，亲眼见到这个空间给人的感觉就是纯粹与精致。中式演义的完美现代风范，文化味道十足，而又充满年轻的时尚。红色的漆柜让房间显得更有韵味。

36 — 展现主人个性的照片墙

欧式的家具柜，印花的壁纸配以精美照片的相框，给人一种家的温馨。

37

舒适的休息空间

将天窗巧妙地摆放上绿色植物不仅增添了空间色彩还做了有效遮挡，欧式的沙发配上靠垫也会让你得到一种放松。

38

合理规划厨房收纳空间

开放式的魔幻厨房，开放式的设计，无形中增加了居室面积。但要注意的是，开放式空间选择适宜的收纳家具很重要，巧妙地利用了墙的一侧，做了一个小柜子放便收纳一些厨房小件用品。

39

奢华的就餐空间

有时看似简单，却品质无上，不用古典的繁复，依然上演奢华场景。在这个案例中，设计师与主人一起用独特的装饰手法，用鲜花和墙纸做点缀，用特殊手法营造出无上的奢华感。

40

简单的阳台空间

不是仅有面积超百米的花园才能有优美景致，也不是仅有夏日才能有美好情调，阳台，也可以用简单几件物品，打造出动人景观。虽然没有大花园，生活也可以很美。

41

可享受阳光的天台

天台是一个绝好的心灵栖息地。泡上一杯咖啡或一壶好茶，坐在木板制成的椅子上享受午后的阳光，是多么惬意的事。

点亮居室空间的布置

在楼梯拐角处设计一个收纳柜，方便存放物品。加上绿色植物和美丽油画的点缀也为整个空间增色不少。

43

奢华大气的楼梯设计

黑色实木的楼梯扶手，黑色烛台配以实木座椅和玻璃背景墙的巧妙设计，显出一种高贵的奢华韵味。

44

合理运用楼梯空间

楼梯的转角处，特别将墙面的一侧设计成了收纳空间。是用一些小的画框做点缀，配以绿色植物清幽抒情，绿意舒展，让人心情愉悦。

45

巧妙打造中西合壁的餐厅

生活趣味博深众长，空间亮点是中西合壁，让人回味无穷。

46

打造地中海风的儿童房

蓝白色印有帆船图案的窗帘，深蓝色的壁纸，卡通图案的床单和玩偶摆饰让房间显得更活泼。

47

充满贵族气息的卧室

卧室家居选用欧式古典风格，古典家具的制造者把木材制成家具的过程中将木材的潜力发挥得淋漓尽致，在他们眼中木材是“活的材料”，是活跃充满生机的物质。厚重沉稳的卧室家具使整个居室充满了奢华的贵族气息。

48

卧室一角的空间设计

这一角好像是专门展示植物的，古典的家居和写意的生趣相得益彰，古典的灯具和白条纹的座椅巧妙的融合起来，给人清爽舒适的感觉。

49

宽敞明亮的楼梯

铁制的扶手，蓝红的背景墙插满干花的漆制花瓶让整个空间更加宽敞。

50

卫浴空间的搭配

现代的卫浴间设计，一般来说，除了合理分隔浴室，减少便溺、洗浴、洗衣和化妆洗脸的相互干扰等条件之外，还应注意整体功能布局、色彩搭配、卫生洁具选择和小物件配套等要领。

51

电视背景墙的设计

对于别墅级的大户型，要求电视主题墙的设计与整个空间的气场相匹配。在大空间的居室中，电视主题墙造型要简约并大气十足。

52

开放式厨房的布置

开放式厨房主要是指将厨房和餐厅合一，或是厨房和餐厅、起居室合一的设计方式。圆形的吊顶灯，鲜艳的百合花，镶有玻璃的白色实木门的设计让整个空间更有气氛。

53

温馨的居家空间

蓝色的窗帘，绿色的酒柜，球形的吸顶灯，白色的吧台，让你感觉家的温馨。

54

卧室空间的合理规划

黑色的背景墙，白色的床上用品与水晶吊灯增添了一种神秘气氛，用黑色的屏风隔断很好地将卧室做了划分。

55

巧妙运用空间布局

二楼的拐角处设计了一个小饰品摆放处，在印有图案的挂毯上放上陶瓷罐让家充满别样风情。

56

张扬个性的客厅空间

红色的水晶灯，白色的沙发，不经意间摆放的镜子这种特殊的装修手法，让空间有了不一样的感觉。

57

巧妙运用狭小的卫浴空间

浴室里的墙面空间是浴室设计装修的重头戏。一个恰到好处的小点子可以让整个空间焕然一新。小小的杯架增加了卫浴空间里的现代感，也让牙刷找到了最方便主人的好位置。

58

低调华丽的卫浴空间

白色沙发，红色浴缸设计师用美式风格，配以新古典主义风格的装饰，来传达业主品质生活的理念，并呈现出一种低调的华丽。

59

展现异国风情的卧室

藤制的家具，奢华的地毯和床上用品，简单的壁画让整个房间充满了异国风情。

60 简单中的灵动

黑色的门框，简单的线条设计，实木的隔断墙让空间充满灵动感。

61

完美打造各居室空间

欧式风格典雅、高贵，又带有几分浪漫情调。这套经过设计师精心设计的居室，高雅不张扬，奢华不累赘。整个客厅以油画般的柚木木纹颜色作为主色调，所有选材均环保大方、使用舒适。

62 气派明快的休息空间

红色的躺椅，白色的毛垫配以红色抱垫，简单设计的白色衣柜和精致的水晶吊灯让客厅更显气派。

63

充满艺术气息的居室空间

欧美家具风格主要包括意大利风格、法式风格和西班牙风格等。其主要特点是延续了17世纪至19世纪皇室、贵族家具特点，讲究手工精细的裁切、雕刻及镶工，在线条、比例设计上也能充分展现丰富的艺术气息和浪漫华贵。

64

使整体空间得到延伸

深色的沙发，有艺术效果的背景墙配以巨大的盆栽，让你感觉空间的延伸。

65

客厅空间的完美展示

客厅是人们经过一天紧张的工作后最好的休息和独处的空间，它应具有安静、温馨的特征，从选材、色彩、室内灯光布局到室内物件的摆设都要经过精心设计。

BAIFENZHIBAIDE

XINGFU FENWEI

100%的幸福氛围

混搭风格的客厅

在厌倦了都市的浮华之后，人们开始崇尚自然，这正是近几年乡村风格盛行的原因。美式乡村风格融合了许多欧式流行风格的特色，并将其精华与随性大气的美洲风格混搭在一起形成了一种既崇尚自然，又不失精致品位的设计风。

01

02

明快亮丽的居室空间

中式的家居总是显得清素淡雅，然而欧式的富丽堂皇美轮美奂却更让人惊叹目眩，彩色的马赛克瓷砖，特殊的隔断设计很好地区分了两个功能区，色彩的搭配让空间明快亮丽。

03

时尚简约的卫浴空间

浪漫的卫浴离不开浪漫的浴室柜，完美的浴室自然要有漂亮时尚的浴室柜与之相配。用时尚简约的浴室柜打造浪漫的卫浴空间，一切尽在温馨中。

04

蓝白条纹打造居室空间

正如希腊国旗的颜色，希腊家居最大的特色就在于对蓝白两色的运用。蓝色代表天空、大海，白色代表纯洁、永恒，悠闲简单是希腊家居最大的特色，当然也少不了浪漫元素。

05

充满粉色童话般的幸福

温馨浪漫的卧室，实木的画框，白色的床头摆放粉色的花朵盆栽，再加上印花图案的壁纸，让卧室也充满了浪漫。

06

创意卧室布置

卧室最抢眼的当属这个衣柜了。深色的衣柜上大胆的画面让人惊叹设计师的创意，女性人体的剪影中暗藏着山水画，中西艺术的结合让卧室充满了惊艳的创意。

07 色彩清爽的卫浴空间

交错有致的彩色瓷砖，印花图案的装饰让狭小的浴室空间显得宽敞许多。

08

现代田园风餐厅

白色的拱门设计，黄色的墙面、圆木的吊顶搭以现代风格的图画，让整个空间有一种现代田园风格。

09

居室空间的布置

客厅线条简单且修边浑圆的木质家具，带有花簇的盆景和带有毛垫的椅子，在墙上的精美图画，每个细节，点点滴滴，都映射着它田园风格的本义。

10

精致餐具瞬间提亮餐厅色彩

精致的酒具，红色的桌垫，加以美丽花朵的点缀，会给你一个愉快的用餐环境。

11

利用空间做收纳

餐厅的一角，两个白色圆形立柱加以孤形的设计，就成了方便的储物空间。

12

楼梯下空间的巧妙利用

将楼梯下设计成了休息区域，印花的沙发，竹制的椅子，绿色的植物将餐厅巧妙的区分开。

13

让心情愉悦的餐厅

餐具是我们生活的必备品，同时也是我们装点家居的最佳配饰，印花图案的餐桌垫配以精致餐具，让人心情愉悦。

14

充满宫廷风味的卧室

主卧墙面全部采用明黄色和玫红色小碎花墙纸，配以白色的床头柜和白色的欧式大床，透出些许欧洲宫廷风味。

15

充满无限向往的餐厅

餐厅采用了欧式华丽感与田园的温馨亲切感，显得整个空间很有气质。以金色和白色为主，把餐厅映衬的很高贵，让你充满无限向往。

16

简约的书房设计

书房作为工作、阅读、学习的空间，其设计以功能性为主。在其装修中必须考虑安静、采光充足、有利于集中注意力，为达到此效果可以使用色彩、照明、饰物等不同方式来营造。

17

悠静的房间一角

石头砌成的房间一角，用一点绿色的植物做点缀，也可以看出这家主人的情趣。

18

巧用灯光制造温馨空间

木质的窗帘在吸顶灯的照射下更显温暖。

19

欧式田园风书房

流畅简明的线条令看见的人不得不爱，简约的设计让你更加轻松地工作。

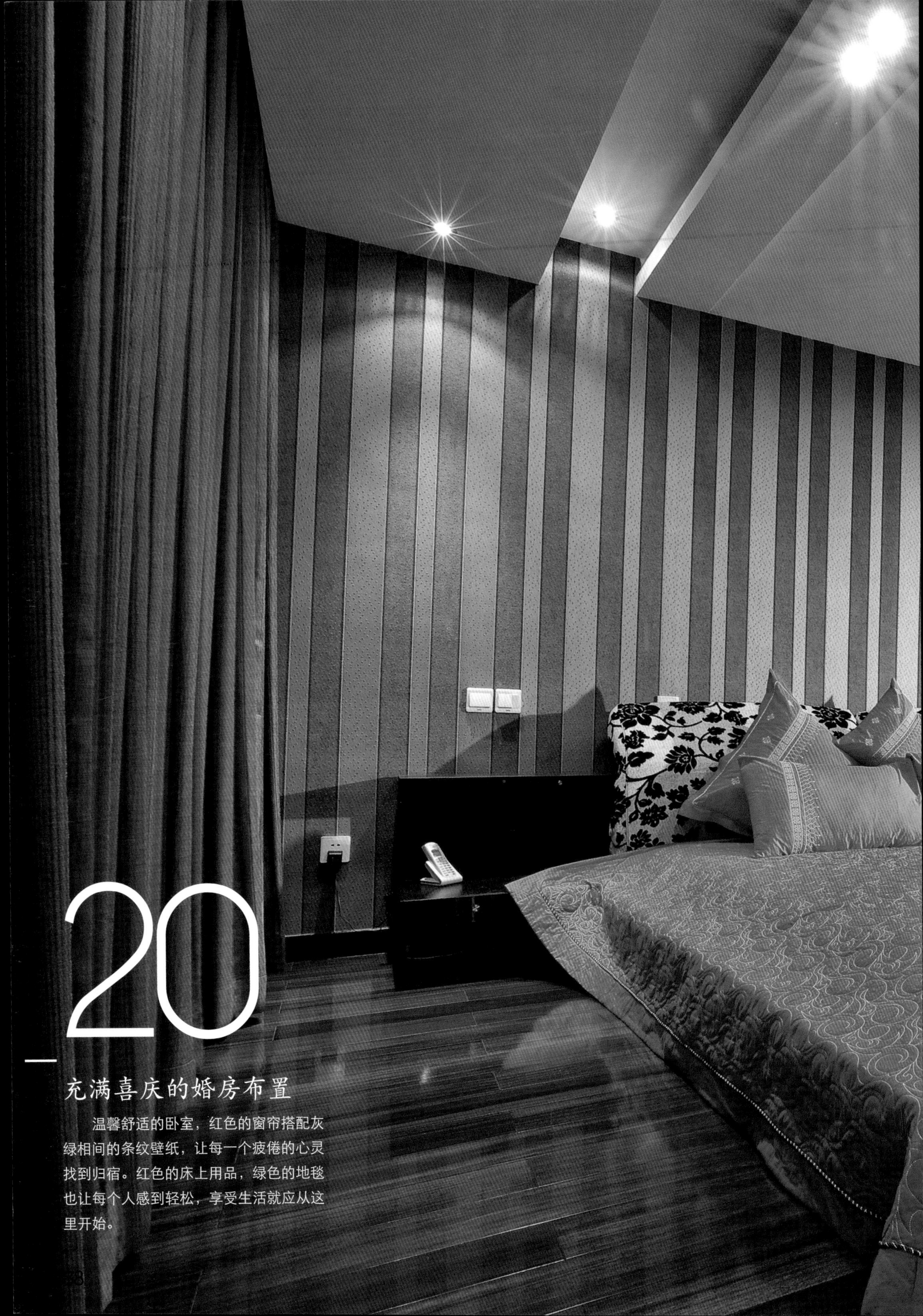

20

充满喜庆的婚房布置

温馨舒适的卧室，红色的窗帘搭配灰绿相间的条纹壁纸，让每一个疲倦的心灵找到归宿。红色的床上用品，绿色的地毯也让每个人感到轻松，享受生活就应从这里开始。

21

走廊空间的简单布置

走廊摆放的烛台和玻璃门做成的隔断，将两个空间巧妙融为一体会让你感觉空间的温暖与明亮。

让吊灯打破走廊的沉闷

一进大门，映入眼帘的墙面色调犹向日葵花田流淌在阳光下的金黄，地面砖色相互交错，墙的一侧木制的白色小柜可以用来放鞋，所有颜色的饱和度都很高，体现出色彩最绚烂的一面，这是地中海风格最本色的呈现。还有独具地中海风味的连续的拱廊与拱门，使人产生一种延伸般的透视感。

22

23

精雕细琢的居室一角

镶嵌金色花纹的小柜子上摆满了各种风格的装饰品，在台灯的照射下使整个房间充满温馨的幸福。

用实木家具做布置

24

房间里所有摆饰都是实木的，实木的相框、实木的电话、实木的衣架，和不经意间花朵的点缀，让你感觉很幸福。

25 照明用具的合理搭配

木质的吊顶，简单的衣柜，没有太多繁杂的设计。要营造温馨放松的环境，灯光的选择尤为重要，多选择暗色调的灯光，可帮助你舒缓紧张的神经。

26

精益求精的客厅布置

欧式客厅有的不只是豪华大气，更多的是惬意和浪漫。通过完美的曲线，精益求精的细节处理，带给家人不尽的舒服触感。

27

休息空间的简单布置

简单的实木吊顶，白色的隔板，一套简单的实木桌椅就构成了一个安静的休息区域。

28

温馨的卧室空间

印花图案的壁纸，白色的实木梳妆台和简单线条的衣柜组合，让整个空间很惬意。

29

富有朝气的居室空间

几何线条修饰，色彩明快跳跃，简洁流畅，让空间富有朝气。

30 私密空间的合理布置

卧室是私人性很强的空间，每个人都可以根据自己的起居习惯来合理地布置属于自己的居室环境。

31 展现现代的卫浴空间

卫浴空间的未来式是越来越精彩了，不再只是保持身体洁净、舒适的封闭空间，而是强调放松身心的实际功能。

32

打造完美的客厅空间

沙发在家具中占着很重要的位置，其款式、色彩、摆放位置可以影响整个家的气质。美式家具，让人感觉很随意，在款式上拥有更为自由的设计，色彩倾向于自然系列，宽大、舒适。

33

多种元素打造客厅空间

两种风格相搭配的沙发，玻璃的茶几，加上灯光的照明，让空间有一种灵动感。

34

田园风格的居家空间

田园生活的特点是有平和的休闲空间，可以放松精神。这与家居设计的理念不谋而合。于是，充满着户外气息和大自然味道的田园风格家庭装修便被设计师引入了现代家居中。

35

充满情趣的餐厅空间

透明的水晶吊灯，考究的实木餐桌，加以粉色百合的点缀，让整个空间充满浪漫情趣。

36

色彩亮丽的儿童房

一切布置都充满童趣，白色的书柜用来放孩子喜欢的童话书，还可以放上孩子自己的照片，让他感觉自己就是屋子的小主人。

37

展现温馨的公主房

敞亮的卧室在阳光的映射下充满浪漫气息，加上简约时尚的床品，紫色窗帘和白色床头柜上的绿色植物的搭配布置，更体现一种精致。

38

展现别样的休闲空间

房主很好地利用了楼梯下面拐角的空间，把它巧妙地设计成了养鱼池，不仅可以用来休闲娱乐，还可以陶冶情操。

39

欧式客厅的色彩布置

深色木质柜架玻璃面茶几，搭配深色电视柜，再配上精致的欧式窗帘和沙发，让整个空间充满奢华。

40

卧室色彩的搭配

一般以协调为主，也可以选用强对比色。地板、门、床主色调都是白色，墙面就要用点色彩来调节，以淡色为好，可选用碎花图案墙纸，地板则使用红色让整个房间更鲜艳。

41

充满幸福的卧室一角

卧室采用淡黄色比较好，温暖又温馨。窗帘、壁纸、沙发都采用深浅不一的黄色搭配，让空间充满温馨。

42 功能性为主的卫浴空间

卫生间设计以干净、易清洗为设计宗旨。考虑功能为先的整体设计，整体颜色以清新、淡雅为主色调。配以现代的家电，勾画出强烈的实用和现代感。卫生间的设计以人性化为主，各方面的用品，根据人体工程学来设计规划。

43

跃层楼梯的设计

木制跃层楼梯，是市场占有率最大的一种。多数人喜欢的主要原因是木材本身有温暖感，加之与地板材质和色彩容易搭配，施工相对也比较方便。

44

让室内充满新鲜空气

卧室白色的衣柜，简单的床上用品，最特别的设计要属阳光房了，推开门就可以随时呼吸新鲜空气。

45

梦幻的楼梯设计

房子不算太大，装修不算太豪华，但是楼梯的梦幻设计，时尚的家具，将年轻白领们所追求的另类高贵、典雅生活体现的淋漓尽致。

46

用小饰品装点家居空间

房主使用了带有装饰画的小盘子做布置，加上拉窗和小的花朵摆饰，在不经意间让屋子一角成了视觉的亮点。

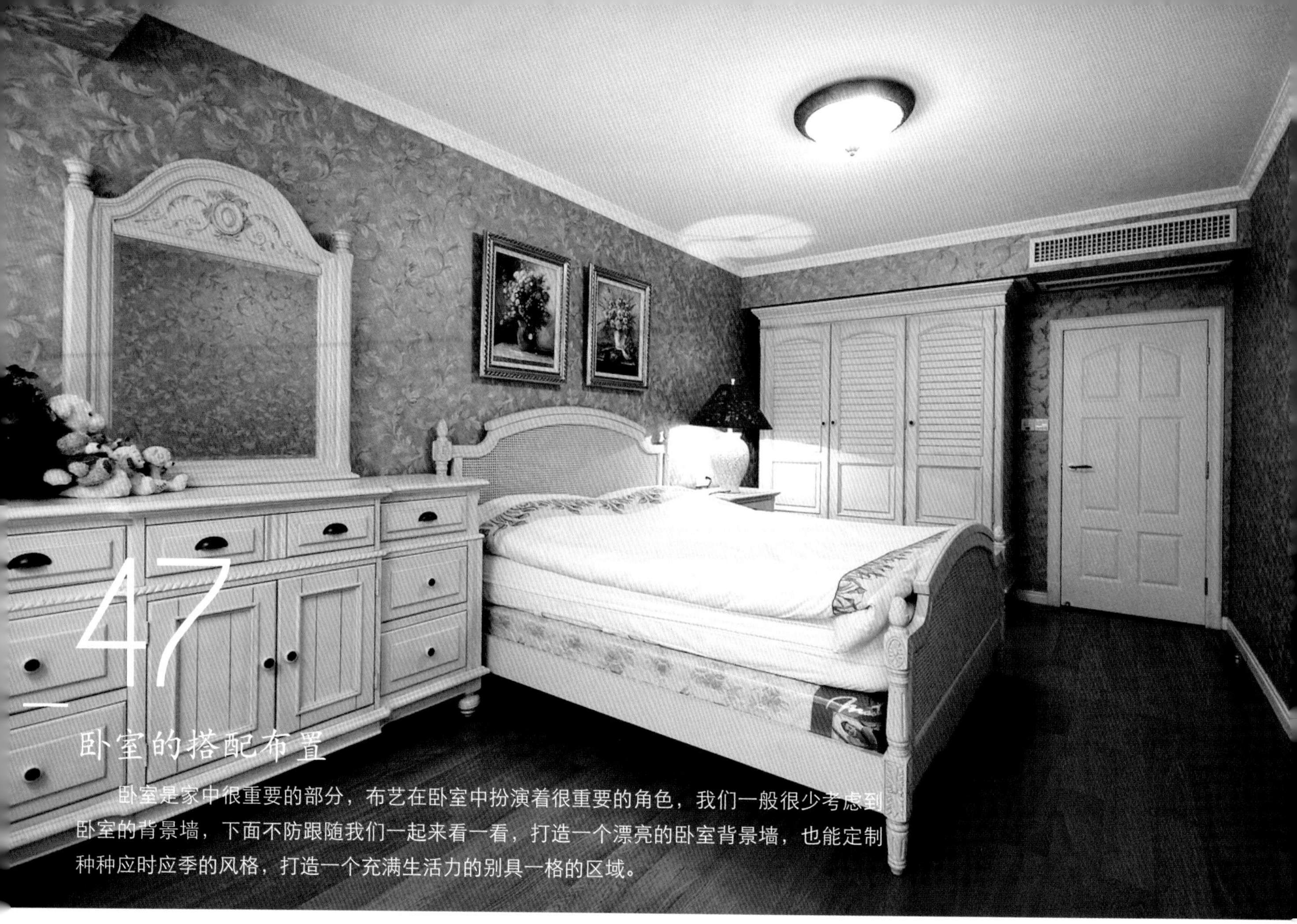

47

卧室的搭配布置

卧室是家中很重要的部分，布艺在卧室中扮演着很重要的角色，我们一般很少考虑到卧室的背景墙，下面不防跟随我们一起来看一看，打造一个漂亮的卧室背景墙，也能定制种种应时应季的风格，打造一个充满生活力的别具一格的区域。

48

展现功能性客厅

客厅也是家庭生活中最常呆的地方，它的主要功能是会客、休息等，客厅主要配以桌椅或沙发供人们随时休息。

49

地中海风格的搭配

地中海风格，源自于地中海北岸的民居，代表一种休闲的生活方式。那里终年艳阳高照，建筑特色是拱门与半拱门、客厅采用马蹄状的门窗，不仅通透，还能在走动观赏中出现延伸般的透视感。

50

让心灵栖息的卧室

卧室是一个人心灵栖息的空间，在有意与无意间承载了主人的生活态度，这也就有了不同的卧室风格，运用壁纸，让每个房间都呈现一种风格，给你欣喜表情。

51

客厅的布置搭配

绿色的吊顶，简单的拱门，木制的桌椅让人感觉到田园的气息。

52 简单造型的卫浴空间

白色的卫浴用品，彩色的瓷砖墙还有简约风格的卫浴产品抛弃了一切繁复，产品的造型简单、百搭。让卫浴的空间得到最大的利用，也让每次的清理工作变简单。

53

有条不紊的娱乐空间

线条有的柔美雅致，有的遒劲而富于节奏感，整个立体形式都与有条不紊的、有节奏的曲线融为一体，打造了一个适合休闲娱乐的空间。

54

玄关的布置设计

欧式玄关设计可以达到清心、安静、放松的境界，我们的玄关背景墙用印花壁纸做装饰融入曼妙的田园色彩，那种轻松、不雕琢的感觉才最让人放松全身。

55

奢华如宫殿的家居设计

精美的餐具配上奢华的水晶吊灯，让整个餐厅显得奢华大气。

56

地中海风格的空间布置

钢筋水泥的城市，总是少了一份灵动和生气。在现代的居室中，我们总是梦想阳光、沙滩、碧海、云天、清风、夕照，还有那自由游泳的鱼儿……那种轻松惬意、无忧无虑的生活方式总是在我们的脑边萦绕，挥之不去。今天我们就来呈现具有浓浓地中海风情的居室，让你领略被海风吹过的感觉。

57

休闲空间的布置

客厅田园风格倡导“回归自然”，在室内环境中力求表现悠闲、舒畅、自然的田园客厅生活情趣，放一把躺椅更会让人感觉舒适惬意，还可以达到放松身心的作用。

58

合理规划居室格局

卧室的布局直接影响一个家庭的幸福、夫妻的和睦、身体健康等诸多元素。好的卧室格局不仅要考虑物品的摆放、方位，整体色调的安排以及舒适性也都是不可忽视的环节。

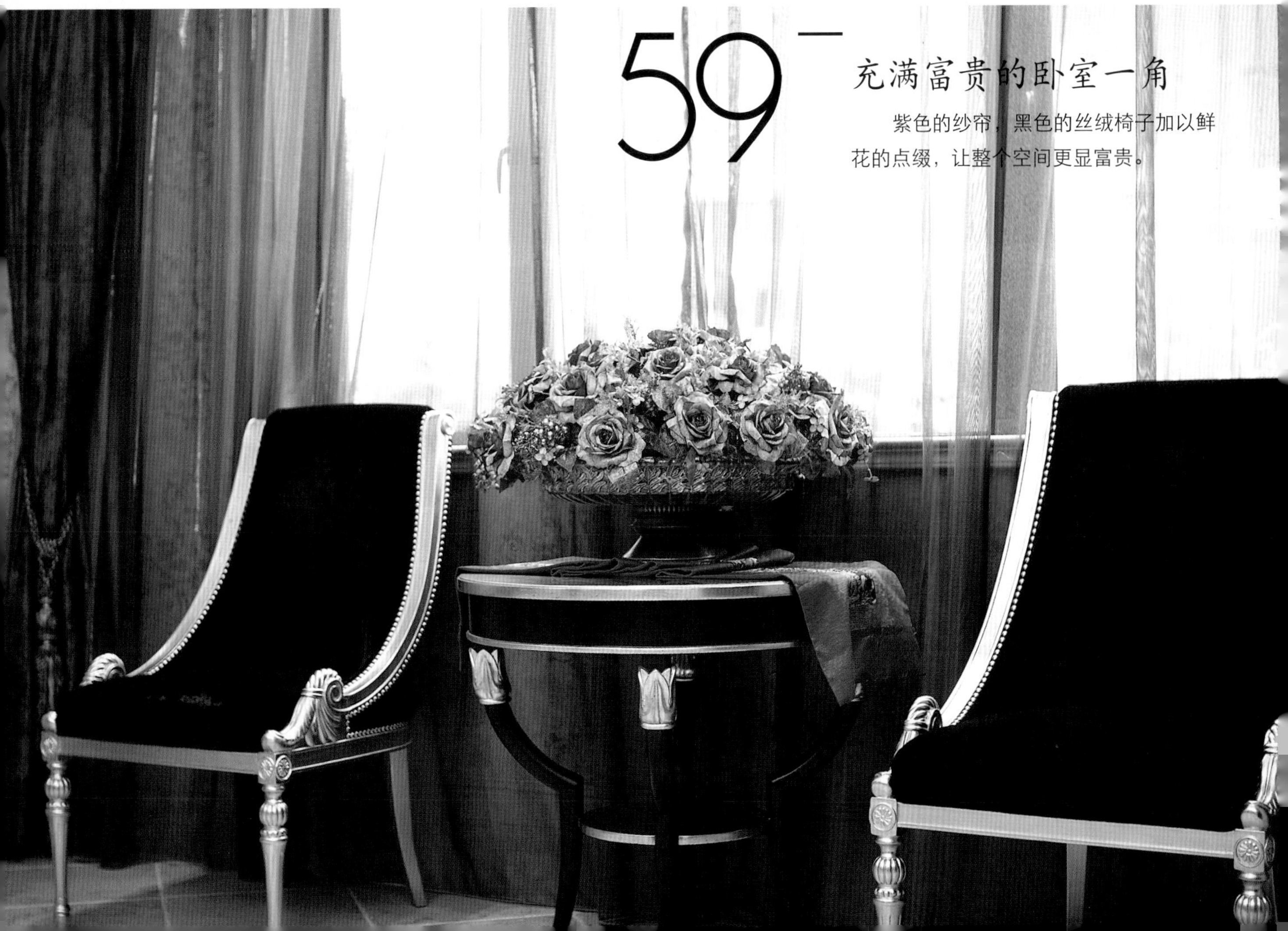

59

充满富贵的卧室一角

紫色的纱帘，黑色的丝绒椅子加以鲜花的点缀，让整个空间更显富贵。

60

异国风情的客厅布置

具有异国风情的玻璃窗设计，配有石膏素像的台灯和印有花纹图案的沙发，让整个房间有一种异国风情。

浪漫甜蜜的卧室空间

61

卧室，是非常私密的空间，它是忙碌了一天的主人休息的地方。在卧室中可以卸下所有的劳累，躺在舒适的床上进入甜蜜的梦乡。舒适的床品成为了梦想的主要制造者，它贴身的面料、温馨的图案散发着温馨的味道，躺在其中仿佛一场心灵的回归。

62

功能区的布置

白色的木制隔断门合理地将楼上分隔成了休息娱乐的地方，田园风格的壁纸美丽的油画，加上钢琴和一个吊椅让房间显得更惬意。

展现休闲娱乐的居室空间

全部采用实木做设计，三个大小不一的拱形设计被很好地利用成饰品架。欧美的图片和一些海报做了很好的点缀，中央的乒乓球台和墙上的飞标盘都可以看出主人是一个很懂得享受生活的人。

63

64

自然简朴的客厅搭配

一切布置都采用原本色不经意的设计，带来对家的创意灵感，从此也改变了对家的理解，唤醒了心底一直向往的自然宁静的乡村生活。

GEXING
KONGJIAN
个性空间

01

传统客厅的布置

客厅布置应以宽敞为原则，最重要的是体现舒畅和自在的感觉。客厅的家具一般不宜太多，根据其空间大小需要，通常只考虑沙发、茶几、椅子及摆饰品等。

温暖的客厅布置

装饰壁炉能给人带来一种神秘感，其协调的比例，合适的高度，平衡设计，让壁炉成为家中装饰的一大挑战。每当寒风乍起，装饰壁炉便成为还原梦想的地方，火花和音乐，一家人围坐在壁炉旁享受天伦，或独自搭上毛毯在壁炉旁悠闲看书，让壁炉的温暖带你入眠。

02

03

打造别样客厅风格

现代简约客厅立体形式都与有条不紊的、有节奏的曲线融为一体。现代简约客厅大量使用铁制构件，将玻璃、瓷砖等新工艺，以及铁艺制品、陶艺制品等综合运用于室内。

将多种色彩融于一室

04

白是简洁，灰是一种柔和，而黑则增添流畅的线条感。当然，我们还从布局中看到褐色和骆色，它们为家居增添了一点亮度，也抹去了黑白灰的呆板，使简约的家居也多了一些温柔。

05

简单的客厅空间

家居走的是时尚简约路线，各别空间走个性化，整体的环境都选用了白色的铺设。使得空间感比较丰富，天花板没有大作文章只是装了几个吊顶灯，简简单单的美，才是真正的美。

06

中式现代风格的搭配

中式风格装修，可以很传统，也可以很时尚，同样的装修手法可以表达不一样的情绪感受，同样的风格搭配可以营造不一样的空间表情。

07

充满回忆的照片墙

设计师巧妙地将客厅的一侧做成了照片背景墙。配以大大的红色五角星和过去的老照片，帮你留下所有美好的回忆。

08

用窗帘布置客厅空间

窗帘不但是家居装饰的眼睛，也隐藏了主人不轻易显露的性格。你只要知道对方家里窗帘的颜色，就能很快了解新朋友的个性特点，或者发现老朋友平日不为人知的“隐藏性格”。

09

别致背景墙的设计

背景墙的设计是客厅的重点，因为客厅背景墙是客厅最吸引人的地方，采用砖头砌成的灰色壁炉做背景墙，也为客厅增添了不一样的感觉。

10

舒适自在的客厅空间

客厅家具不外乎聚谈区的沙发、几何图案和具有贮藏功能和展示作用的柜橱等，它们是客厅的一件或一组。客厅布置应以宽敞为原则，最重要的是体现舒适和自在的感觉。客厅的家具一般不宜太多，需要根据其空间大小考虑。

11

充满生机的休息空间

窗帘因为丰富的色彩和图案，在家居中能起到很好的装饰作用。其实不只是门窗需要它，在其他地方，窗帘也能发挥自己的装饰作用。加上实木的餐桌椅和一盆绿色的植物装点，让这个休息空间更舒适。

12

充满童真的卧室

刺绣、印花、提花、缎织和蕾丝等丰富的欧洲工艺，表达出欧式的传统风格。今年的床上用品偏重华丽的柔和与低调的奢华，以复古的图案、华丽的面料以及细节上的装饰，表达出新奢华的内蕴。床中央的大熊也可以看出主人的童贞。

13

简朴素雅的卧室

简单的铁床，朴素的床上用品，一旁带条纹图案的双人沙发，仿佛在告诉我们主人的简朴。

14 —

自然恬静的客厅布置

带有绿色花朵图案的窗帘和盆栽，就把自然的气息带入整个餐厅中。

15

融合多种元素的布置

清新、自然的客厅与业主本人的气质相得益彰，而它的干净、优雅又是访客心之向往。材质简单、光线充沛，这些干净的元素恰在此时融合在一起，令这所房子有了让人眷恋的风景。

16

整洁明亮的厨房

简单的台面，不锈钢的水龙头，搭配美丽的花朵让厨房看起来非常整洁。

17

别致的开放式厨房

厨房，一个家庭里最重要的地方。大理石的台面，绿色的盆栽大容量的书柜，实木的餐桌将这些设计融于一体。有了漂亮的厨房才有好心情做美味可口的饭菜，有了美食家庭就更加有温暖温馨的感觉。

18

打造有情调的开放式厨房

开放式空间选择适宜的收纳家具，将一切都放到柜橱中，这样也减少了日常找东西的麻烦。

19 全方位打造时尚精美的厨房

根据厨房主人的个性化需求对空间进行优化配置，更加合理地利用空间，营造出一种让人喜欢做饭的感觉，舒适体贴，在视觉上扩大厨房的面积。宽敞的感觉能给人带来轻松的心境，使备餐过程更加愉快，且独一无二的风格，让厨房充满时尚美感。

静心潜读的居室空间

通过亮丽色彩的点缀和饰品材质的强烈差异来体现一种特别活力，每种色彩都不必太过张扬，能够很好地体现对比和谐的一面即可。传统中式书房从陈设到规划，从色调到材质，都表现出安静的特征，因此也深得不少现代人的喜爱。

充满现代风格的书房

现代社会生活节奏越来越快，书房就是人们心灵放松的地方。中式书房因其雍容的气质、浅淡的情怀，很适合情绪紧张的现代都市人。无庸讳言，书房是读书写字或工作的地方，需要宁静、沉稳的感觉，使人在其中才不会心浮气躁。

22

造型简单的卧室搭配

休闲沙发目前市面上多以现代时尚风格和欧美乡村风格为主。现代时尚风格的休闲沙发一般造型简约，充满了艺术感，配以浅色靠垫和印花窗帘，体现一种简约的感觉。

23

打造简约的楼梯空间

利用楼梯拐角墙的一侧做了一个装饰架，摆上绿色小盆栽，让整个空间顿时充满勃勃生机。

24

木质楼梯的布置

在铺有木质地板的居室中，木质楼梯最为常见，这主要是因为它与地板的材质和色彩容易搭配。做工考究的木质楼梯，尽管踏步板有实木与大理石之分，但在造型上，木质楼梯多数以直梯、折梯为主。

25

纯天然的实木楼梯

实木楼梯具有天然独特的纹理、柔和的色泽、自然温馨、高贵典雅、脚感舒适、冬暖夏凉，并且实木楼梯是纯天然绿色装饰材料。

26

宁静的居室布置

卧室装修直接关系着睡眠质量，一款好的卧室背景墙能够打造温馨、宁静氛围，壁纸上装饰的实木的舵盘，和一侧的小藤椅，让你拥有户外一样的心情。

27

展现简约的卧室空间

卧室的空间也有向大面积发展的趋势，因此就有了“以床为中心”，创造温馨的卧室，简单的拉门式衣柜也让空间得到了巧妙的运用。

28

玄关的设计布置

玄关墙面漆成黑色与天棚造型呼应而下，其间自然放置一面梳妆镜，让你在出行时可以打理一下容貌，并以活跃的姿态影射周边空间环境

29

流行的中式客厅

目前流行的中式客厅设计是用现代人的眼光加古代中式客厅的地区元素去做,既可以打造充满古典的味道的家居，又能带来新颖现代化的享。

30

阅读休息的空间布置

简单的落地灯，草编的小柜子，条纹图案的沙发垫，将空间布置的美观大方，适合人们日常阅读休息。

31 展现雅致的居室空间

纹理清晰、耐腐朽强、质朴大气实木总带给你的家无限浪漫的情怀，与足够的安全感。中国风家具不一定是一抹鲜绿或是大红，也不必雕花刻木，有时候中国式家具只要完美的运用一点中国元素，便可以展现典雅、低调、淳厚的气质。

32

居室的布置搭配

没有任何的装饰品，却依然奢华；如此张扬的外表，却给人以最低调的沉稳的形象，透露着些许可爱，矛盾却又无比和谐，让人舍不得移开视线。

33

不同搭配风格的空间

家居装饰中，有很多小细节非常容易被大家所忽视，别看它们的微不足道，其实它也能给家增添亮点。你看，靠垫与沙发的不同搭配，给家带来的是截然不同的效果。

34

客厅的布置搭配

客厅颜色一直是家里最大的亮点，让客人一进客厅便能感受到颜色所带来的视觉冲击力。通过别致的客厅颜色搭配，能够巧妙地反映出主人对于客厅空间的理解，以及对于生活追求的品位。

35 扩大居室空间的布置

落地的木框百叶窗配以绿色的盆栽和精美的烛台装饰，让整个空间更明亮。

36

巧用百叶窗做布置

合理地利用百叶窗，更能为客厅带来意想不到的效果。另外在视觉上还能增加室内空间面积。好好利用这块“宝地”，让它变成“黄金地段”。让你家的客厅飘窗从此靓起来。

37

简单客厅一角的布置

灰色的落地灯，中式的沙发配以异国风情的靠垫，让整个空间一目了然。

合理规划卫浴空间

38

在装修卫浴空间的墙面时，一定要充分考虑到墙面可能的收纳功效。如果需要摆放的物品特别多，就不妨采用搁架和储物柜相结合的方式，并采取开放和封闭相结合，不仅能够将储物面积设计到最大，而且也避免小户型卫生间常见的杂乱现象。

39

呈现完美的走廊设计

走进一家人家的时候，首先映入眼帘的往往是这个家里的走廊。走廊虽然小，但是担当的角色很重要，简单的吊灯把整个空间照的通透明亮。

40 两种风格的完美搭配

现代人在装扮家的时候越来越讲求风格，极具亲和力的田园风情与柔和的色调组合搭配。

41

自由自在的休息空间

地中海的天空、海洋、沙滩，那种连空气中都漂浮着悠闲味道的蓝色与白色无处不在，好像薄纱一般轻柔，让人感到自由自在，心胸开阔，使用这类色彩装饰的居室空间，也会让你心情愉悦。

42

缓解压力的空间布置

巨大的黑色整体橱柜配有咖啡机，一侧还配有植绿色植物，让你休息的时候可以缓解压力。

43

居家阅读的新空间

一个巨大的书柜，加上简单的双人沙发就构成了居家阅读的一个好空间，在这里你可以拥有一个良好的阅读环境。

44

整体橱柜装点厨房空间

厨房现在对于大众的意义不再是做饭那么简单，而是要更健康舒适。在现代家居设计下，橱柜从材质到功能设计都非常完善，只用一个橱柜就可以将所有厨具收纳干净整洁，也减少了厨房空间的杂乱，让你做饭时也得到一种享受。

图书在版编目（ C I P ）数据

空间布置200例 / 东易日盛编辑部主编. -- 长春 :吉林科学技术出版社， 2010.5
ISBN 978-7-5384-4668-5

I. ①空… II. ①东… III. ①住宅一室内装修一建筑设计一图集 IV. ①TU767-64

中国版本图书馆CIP数据核字(2010)第046687号

東易日盛®
家居装饰集团

空间布置 200例

SPACE LAYOUT

东易日盛编辑部 / 主编
责任编辑 / 崔 岩 王 皓
特约编辑 / 邓 娴
封面设计 / 崔 岩 崔栢瑞
图片提供 / 东易日盛家居装饰集团股份有限公司
首席摄影 / 恽 伟
设计助理 / 邓 娴 沈 杨 李 璐 崔 城 刘 冰 田天航 李 爽
赵淑岩 沈 彤 陈 瑶 韩淑兰 韩志武 王 倩 张 萍
崔梅花 韩宝玉 王 伟 朴洁莲 具杨花 宋 艳
内文设计 / 吴凤泽 李 萍 潘 玲 潘 多 田 雨

吉林科学技术出版社出版、发行
社址 / 长春市人民大街 4646 号
邮编 / 130021
发行部电话 传真 / 0431-85677817 85635177 85651759
85651628 85600611 85670016
储运部电话 / 0431-84612872
编辑部电话 / 0431-85679177 85635186
网址 /www.jlstp.com
实名 / 吉林科学技术出版社
印刷 / 长春新华印刷集团有限公司

如有印装质量问题 可寄出版社调换
889mm×1194mm 16 开
11.5 印张 100 千字
2010 年 7 月第 1 版 2010 年 7 月第 1 次印刷
ISBN 978-7-5384-4668-5
定价 / 39.90 元